Soissons,

IMPRIMERIE DE GILLES-GIBERT, ÉDITEUR.

LETTRES

D'UN CHARTREUX

ÉCRITES EN 1755,

PUBLIÉES

PAR CHARLES POUGENS.

Seconde édition.

A PARIS,

Chez
PISSIN, libraire, place du Palais-de-Justice, n° 1.
DELAUNAY, libraire, Palais-Royal.
GRIMBERT, rue de Savoie.
Et chez les principaux libraires.

A SOISSONS.

Chez ARNOULT, libraire.

A LAON,

Chez LECOINTE, libraire.

1834.

Un coup aussi horrible qu'inattendu vient de m'enlever l'homme vénérable qui, durant près de quarante ans, fut pour moi le père le plus tendre. Absorbé par ma trop légitime douleur, incapable de mettre aucun ordre dans mes idées, dans les sentimens qui se pressent en foule autour de mon cœur déchiré, je sollicite l'indulgence pour les lignes qui suivent.

Je n'entreprendrai point de donner ici une notice biographique sur M. Charles Pougens : deux mots suffisent pour tracer l'histoire de sa vie : *Pertransiit benefaciendo ;* tous ses pas sur la terre ont été marqués par des bienfaits. Honneur de la France, je dirai même de l'Europe, par sa vaste érudition, son goût éclairé, le génie qui brille dans tous ses ouvrages, son cœur valait encore mieux que son esprit. Jamais aucun infortuné ne s'éloigna de lui sans avoir été secouru, ou du moins soulagé par cette douce et consolatrice sympathie que son âme généreuse et pure témoignait au malheur, quand il se voyait dans la triste impossibilité de servir efficacement celui qui avait recours à lui.

Cet homme si sensible, si prompt à s'attendrir sur les infortunes des autres, a montré pour les siennes propres un stoïcisme, une énergie qui allaient presque jusqu'à l'insensibilité. Avec quelle fermeté n'a-t-il pas enduré les calamités les plus affreuses ! Il supporta, sans se plaindre, la perte de la vue, celle de sa fortune. Calme au milieu de la tempête révolutionnaire, il ne courba jamais sa tête devant les puissans du jour, et brava les menaces de l'anarchie populaire, cette autre tyrannie plus arbitraire et mille fois plus cruelle que le despotisme du gouvernement absolu.

Mais il est inutile d'entrer dans aucuns détails. M. Charles Pougens s'occupait à rédiger, sous le titre de *Lettres familières*, quelques souvenirs sur les principales circonstances de sa vie, ses voyages en Italie, en Angleterre, etc. Une dame, avantageusement connue par plusieurs ouvrages qui tous ont obtenu un succès mérité, achève ces mémoires si cruellement interrompus, et qui seront mis très incessamment sous presse.

Amie intime de feu M. Charles Pougens depuis quarante-huit ans ; imprégnée, si j'ose m'exprimer ainsi, de l'âme de son ami, elle est plus en état que personne d'accomplir cette tâche à la fois douce et amère. Les lettres écrites par M. de Pougens seront reproduites textuellement et avec un religieux respect : quant aux lacunes occasionnées par la funeste circonstance, Mme *** les remplira d'après ses conversations confidentielles avec notre immortel ami, les notes qu'il a laissées, et les documens quelle a obtenus de quelques personnes respectables qui, ayant vécu familièrement avec lui, étaient au courant de ses relations personnelles et de ce qui lui était arrivé de plus important.

Les ouvrages du savant et spirituel académicien que nous pleurons, sont trop univer-
sellement connus pour qu'il soit nécessaire
d'en donner une analyse détaillée. L'Europe
savante a jugé et apprécié à sa juste valeur la
profonde érudition dont il a fait preuve dans
le spécimen de son *Trésor des origines et
Dictionnaire grammatical raisonné de la
langue française* [1], son *Archéologie* [2], son
Vocabulaire des privatifs [3], son *Essai sur
les Antiquités du Nord*, etc.

Ce que les gens de lettres ne pouvaient se
lasser d'admirer, c'est qu'au milieu de ses

[1] Paris, Imprimerie royale, 1819. 1 vol. in-4°.
[2] Paris, Firm. Didot, 1821 et 1825, 2 vol. in-8°.
[3] La première édition de ce *Vocabulaire* a paru
en 1794, 1 vol. in-8°. M. de Pougens qui, plus sévère

arides recherches, il eût conservé cette fraîcheur, cette élégance, ces grâces légères et piquantes qui distinguent les autres écrits dont il a enrichi notre littérature : les *quatre âges*, où l'on rencontre tant d'images brillantes de la belle Ausonie, et qui, traduits dans un grand nombre de langues, sont devenus pour la France, et même pour l'Europe, un

pour ses ouvrages que ne l'étaient ses nombreux lecteurs, trouvait toujours qu'ils étaient susceptibles d'amélioration, avait entrepris et terminé, quelque temps avant sa mort, une révision générale de ses divers écrits d'érudition, de philosophie et de littérature. Il a refait son *Vocabulaire des privatifs* sur un plan absolument neuf. Chaque mot est accompagné de phrases qui indiquent l'usage que l'on peut en faire, ou d'exemples tirés des écrivains français et étrangers qui ont employé le privatif proposé.

ouvrage classique : les *Lettres de Sosthène à Sophie* [1], le charmant épisode de *Jocko : Abel* ou *les trois frères* [2], ouvrage dans lequel, sous le voile d'une fiction qui inspire

[1] M. de Pougens préparait une nouvelle édition de ces lettres brûlantes. Il en avait fait disparaître un grand nombre de taches et quelques peintures un peu trop vives. C'est d'après le manuscrit corrigé destiné à cette seconde édition, que la célèbre Donna Cecilia de Luna Folliero a composé son élégante traduction italienne, Napoli, 1828, 1 vol. in-18.

[2] Cet ouvrage, dont la première édition a paru en 1820, n'a pas médiocrement contribué à fixer sur le régime des prisons l'attention du gouvernement et des véritables philanthropes. M. de Pougens, qui en espérait d'utiles résultats pour la réforme de nos lois criminelles, a corrigé avec le plus grand soin son *Abel*, pour lequel il avait une sorte de prédilection. Il y a fait des améliorations considérables, et l'a enrichi de notes très curieuses.

le plus touchant intérêt, il s'élève avec énergie contre la peine de mort, le régime vicieux de nos prisons, et surtout les affreux inconvéniens des peines infamantes : ses *Contes du vieil ermite*, modèles du style léger et malin, et qui renferment de si sages leçons : ses *Lettres philosophiques*, dans lesquelles on rencontre tant d'anecdotes intéressantes et inédites sur J.-J. Rousseau, d'Alembert, etc.; ses *Poésies*, si gracieuses, si élégantes ; sa *Religieuse de Nismes* [1], drame historique en prose, qui a fourni à feu M. Chénier le sujet de sa belle tragédie de Fénélon : enfin, tant d'autres

[1] La première édition, Paris 1792, est depuis long-temps épuisée. Le manuscrit destiné à la réimpression est bien supérieur à l'édition imprimée.

écrits de genres si variés et dont un seul aurait suffi pour lui assurer un rang distingué parmi nos meilleurs littérateurs.

Nous croyons devoir reproduire aujourd'hui les *Lettres d'un Chartreux* [1], où respire une si douce, une si touchante sensibilité. L'âme aimante et noble de Charles Pougens a dicté les lettres du sensible et vertueux Anatole. On retrouve dans la profession de foi du Chartreux mourant un témoignage du respect que l'auteur a toujours conservé pour cette religion douce et sublime

[1] Ces lettres, dont la première édition, Paris 1820, in-18, fig., est entièrement épuisée, ont été traduites en allemand par le feu prince Ernest-Auguste duc de Saxe et d'Altenburg; par M. Fred. Gleich; par M. Franz Kuenlin; en espagnol, par Don ***, etc.

qui fut la règle de toutes ses actions. Fidèle à ces préceptes sacrés, s'il fut sévère et quelquefois dur pour lui-même, il se montra constamment indulgent et bon pour les autres. Enfin, il prêcha la morale, la bienfaisance, plus encore par ses exemples que par ses écrits.

Oui, j'en ai la consolante assurance, au sein du Dieu dont il fut l'image sur la terre, son âme immortelle entend l'expression des amers regrets de son angélique veuve, émule de ses vertus expansives, de sa noble générosité, et qui fit si long-temps son bonheur.

Ombre chérie! recevez l'hommage que déposent sur votre tombe vos amis désolés, et votre inconsolable fils d'adoption,

Théod. **LORIN.**

Vauxbuin, 15 Janvier 1834.

NOTICE.

Il y a plus d'un demi-siècle qu'on fit circuler sourdement l'histoire d'un chartreux qui, disait-on, était devenu éperdument amoureux de la reine Marie Leczinska, morte, comme on sait, le 24 juin 1768. Le fait n'est point tel qu'on s'est plu à le raconter : on verra à la fin de la quatorzième lettre ce qui a pu donner lieu à cette étrange histoire.

Un jour, la reine étant venue de Versailles pour admirer les chefs-d'œuvre de Le Sueur, qui décoraient le petit cloître des chartreux de Paris [1], voulut user du privilége attribué aux femmes de nos rois. Elle demanda à visiter les jardins, et même à entrer dans l'intérieur du monastère. Une des dames qui l'accompagnaient, très jeune alors, et d'une beauté peu commune, fut inopinément rencontrée par un des solitaires de cette sainte maison.

Ce religieux, issu d'une des plus nobles familles de la Bretagne, jouissait, quoiqu'il

---

[1] En 1825, j'ai rédigé les textes de la *Galerie de Le Sueur*, dessinée et gravée par l'estimable artiste, M. G. Malbeste, 1 vol. in-4°, orné de 26 planches. Paris, *l'auteur, rue de la Calandre, n° 21*; *Firmin Didot fils, imprimeur du Roi et de l'Institut, rue Jacob, n° 24*. J'ai placé à la tête de ces textes descriptifs une vie de l'illustre fondateur des Chartreux, rédigée avec l'impartialité qui convient à l'histoire.

ne fût encore qu'à la fleur de l'âge, d'une haute réputation de sainteté. Cependant son âme reçut une de ces impressions à la fois mystérieuses et profondes qui décident du sort de la vie entière ; peut-être même, ses sens jusqu'alors silencieux, furent-ils subitement embrasés. Il écrivit à cette dame les lettres qu'on va lire, et il les écrivait sans se livrer à l'espoir qu'elles lui parvinssent jamais, puisqu'il ne connaissait pas même le nom de celle à qui il les adressait ; mais enfin il soulageait sa peine en la confiant au papier, ressource à la fois amère et douce des cœurs que déborde une passion violente.

Je ne crois pas commettre une indiscrétion en exposant au grand jour ce petit nombre de lettres secrètement adressées à une personne qui, sans doute, n'existe plus, ou qui est aujourd'hui dans un âge trop avancé pour que de pareils souvenirs puissent altérer son repos. J'ajouterai même que je suis fondé à soupçonner qu'elle eut, dans le temps, connaissance de ces monumens d'amour, et elle n'en fut point offensée. La passion a cela de propre qu'elle excuse, et que souvent même elle purifie ce que, sans elle, on ne saurait justifier.

Quoi qu'il en soit, je n'ai rien changé à ces lettres, que j'ai fait copier avec soin d'après le manuscrit autographe ; je dirai même que je me suis abstenu de faire disparaître les expressions incohérentes, les répétitions sans nombre, les fautes de style, que les grammairiens, surtout les beaux esprits, ne

manqueront pas de remarquer dans ces pa-
ges écrites par un solitaire, durant les pa-
roxismes d'une sensibilité trop exaltée, sans
doute, et par conséquent, condamnable aux
yeux d'un froid vulgaire.... Celui qui a tracé
ces lignes brûlantes n'était ni un bel esprit,
ni un académicien : il valait mieux peut-être ;
car il n'était qu'un homme simple et sensible.

Gens du monde, qui savez si bien répan-
dre les froids poisons du ridicule sur les sentimens auxquels vous ne pouvez atteindre,
n'achevez point cette lecture.... Mais vous,
femmes, qui lirez les lettres du père Anatole, ne refusez pas quelques larmes au pauvre chartreux...... Si parmi vous il s'en trouvait une qui osât rire des douleurs de cet

infortuné, ah ! lui dirais-je, je le vois bien, votre âme peut s'ouvrir aux amours, mais elle est fermée à l'amour.

LETTRES

D'UN CHARTREUX

ÉCRITES EN 1755.

LETTRE I.

Pourquoi ma main tremblante se pose-t-elle sur ce froid papier? quelle puissance inconnue me force à vous écrire? Jamais ces caractères indécis et mal assurés ne parviendront jusqu'à vous.... Jamais.... Jamais!... Quel mot affreux! et il est gravé en traits ineffaçables sur les murs de cette silencieuse cellule, où ma vie se consume depuis quinze ans. Ah! si vous n'étiez qu'un ange!... Hélas! vous êtes une femme ; mes yeux avides ont saisi sur le sable la trace de vos pas : j'ai osé porter une main téméraire sur ces empreintes sacrées ; ma bouche impie aurait voulu.... Esclave, relève-toi! va cacher ta honte.... expier ta douleur au pied des autels.

LETTRE II.

Ma lettre est là, toujours là ; elle n'est point partie.... A qui l'adresserais-je? Le temps dévorera et ces lignes criminelles, et ce papier, silencieux dépositaire de mon incurable amour.

O destinée bizarre !... Je fuyais la foule que la présence de la reine avait attirée dans nos austères asiles; une sourde inquiétude agitait péniblement mon cœur. Hélas! il est donc des pressentimens. Eh! pourquoi ces vagues murmures, ces retentissemens lointains d'un avenir qui gronde sur nos têtes, ne seraient-ils pas une révélation occulte, ou

la voix mystérieuse des anges chargés par le
souverain créateur des mondes de surveiller
nos flottantes destinées?... Un bruissement,
semblable à celui du zéphir lorsqu'il agite
un léger feuillage, frappe mon oreille deve-
nue malgré moi attentive. J'écoute; l'aérien
murmure s'accroît, s'approche. Votre robe,
en glissant avec rapidité le long des branches, produisait ce bruit fugitif; et, au dé-
tour d'une allée, près d'un vieux saule pleu-
reur, vous m'apparaissez comme un ange de
lumière. Nouveau Moïse, le saule devint
pour moi le buisson ardent du mont Horeb,
mystérieux sanctuaire où il plût au Seigneur
de se manifester à sa faible créature. Je m'ar-
rête; d'un seul regard je saisis, je dévore
votre ensemble : l'éclair est moins rapide.
Alors tout mon sang se retire précipitam-
ment vers mon cœur; et mes yeux, d'où
jaillissaient jadis de si vives étincelles, se

baissent religieusement vers la terre.... pour y chercher sans doute mon dernier asile.

Ma haute taille, mon front abattu, ma mélancolique pâleur, mes joues creusées par la pénitence, attirèrent un instant vos regards. Je me sentis défaillir. — « Mon père, me dites-vous, où est la reine? » En proférant ce peu de mots, une vive rougeur se répandit sur tous vos traits. Je ne pouvais parler ; mon ame brûlante était suspendue entre vous et le ciel : des sons inarticulés sortirent avec effort de ma poitrine ; d'une main agitée par un mouvement convulsif, je vous indiquai le cloître. Alors vous me saluâtes avec grâce, et, vous éloignant d'un pas léger, vous détournâtes vers moi votre charmant visage, en prononçant d'une voix mélodieuse ces mots :... « Pauvre infortuné ! »

LETTRE III.

Fille du ciel! souffrez que je reprenne cet amer et doux récit des premières scènes de ma vie nouvelle.

Je ne sais ce que je devins, ni combien de temps je restai immobile à la même place, privé, non de sentiment, mais de la conscience de moi-même. Tout ce que je puis me rappeler aujourd'hui, c'est qu'au déclin du jour, je me trouvai dans ma cellule, à genoux sur mon prie-dieu, mes bras enlacés avec force et croisés sur ma poitrine. Mon visage était tristement incliné : je soulevai avec lenteur mon front appesanti, et j'aperçus la tête de mort placée au-dessus du meuble modeste, muet et constant témoin de mes quotidiennes prières. Ce spectacle n'offrait rien qui dût m'alarmer : la mort n'épouvante que les âmes vulgaires ; c'est pour elles une destruction affligeante ou redoutable : pour les âmes fortes, c'est une grande pensée.... Je souris à la dépouille mortelle.

La nuit était close. Je sors de ma froide retraite ; j'ouvre doucement une des portes secrètes du jardin ; je dirige mes pas vers le saule. J'arrive ; mes genoux se dérobent sous moi : je me prosterne ; puis, d'une main frémissante, je détache furtivement une des branches de l'arbre sacré, et dans ma démence, j'avais choisi la plus avancée ; oui, femme adorée, celle qui avait touché de plus près tes vêtemens, peut-être tes mains, ta taille enchanteresse. Je saisis avec passion le rameau divin, je le serre fortement contre ma poitrine : je veux fuir ; un tremblement involontaire agitait mon corps épuisé par le jeûne et les austérités ; mes pieds s'embarrassent, je tombe le visage contre le tronc raboteux du vieux saule ; mon sang coule avec abondance. O libation de douleur et d'amour !... Je me relève, et non sans peine. De retour dans ma cellule, je posai sur le cercueil qui me sert de couche ce rameau si cher ; je n'en pressai point de mes lèvres les feuilles mobiles.... A peine osai-je y appuyer mon front brûlant, et je m'évanouis.

LETTRE IV.

Insensé!... je lui écris encore.... cependant jamais! jamais!... Angoisse de mort.... Ah! puisque la vérité me tue, que du moins une bienfaisante illusion me crée un monde idéal, et que j'use de tous les moyens qui me sont offerts par l'amour pour engourdir un instant mon indestructible douleur..... Le droit d'élever sa pensée vers le ciel n'est-il pas le privilége des infortunés? Femme angélique! pourquoi ne t'adresserais-je pas aussi ma prière? J'ai si souvent invoqué les puissances célestes.

Loin de moi ces philosophes glacés qui,

dans leurs vaines et mensongères didactiques du cœur, prétendent que l'amour ne se nourrit et ne vit que d'espérance. Supposez-vous que le pauvre chartreux Anatole, mort au monde et lié au ciel par d'indissolubles nœuds, laisse approcher de son âme un profane espoir? Je sais que, selon l'ordre de la nature, j'ai long-temps à souffrir; car à peine ai-je accompli ma trente-cinquième année. Eh bien! je m'alimenterai de ma douleur. Qu'est-ce que vivre? N'est-ce pas aimer? O souverain Créateur du monde! reçois dans ton sein le cri et le serment de ton humble créature. Non, je ne voudrais ni d'un repos, ni d'un bonheur qui m'affranchiraient de mon douloureux amour. Quels trésors vaudraient pour moi cette branche déjà à demi desséchée, dont j'ai vu, de mes propres yeux, les feuilles effleurer sa robe et une des tresses de sa longue chevelure? Ce matin, en allant faire ma station au pied du saule, n'ai-je pas encore entendu un vent léger agiter les jeunes arbres de la mystérieuse allée où, descendue de la voûte céleste, elle apparut à mes regards? Et ce bruissement imitateur, en faisant circuler dans mes veines tous les feux de l'amour, m'a transporté vivant dans le ciel. Eperdu, ébloui, j'ai adoré.

Les émotions que causent l'ambition, la gloire, valent-elles ces momens d'extase?... Qui, moi, cesser d'aimer!... échanger mes voluptueuses douleurs contre un insipide repos, ou de vulgaires jouissances!... Non, jamais, jamais.

Femme céleste, chef d'œuvre de la nature, sublime ouvrage d'un Dieu, n'as-tu pas un instant respiré le même air que je respire ici? ne t'es-tu pas incorporée avec tout mon être? ai-je une goutte de sang où ton âme et ton essence mortelle puissent cesser

une seconde d'exister dans leur entier, indi-
visibles comme le Rédempteur du monde?...
Malheureux! qu'as-tu dit? Regarde ta robe,
solennel emblème de pureté, et frémis....

LETTRE V.

Une fièvre violente m'a empêché de vous écrire durant plusieurs jours. On m'a mis à l'infirmerie : ma faiblesse est extrême ; mais, grâces au ciel, mon amour est aussi véhément que jamais ; ma passion..... que dis-je ? mon culte est continu, permanent, immuable. Je vous aime, « parce que vous êtes vous, parce que je suis moi » ; je vous aime, car je respire.... Le dernier frémissement de mes lèvres mourantes sera mon dernier signe d'amour.

Non, il n'y a que les solitaires qui sachent aimer. Ce qu'on nomme sociétés, ces réunions vagues, font, comme on l'a déjà dit, trop de bruit autour de notre âme : dans le monde, on ne peut s'écouter aimer; ses frottemens sont trop rapides, ils usent le cœur avant qu'on n'ait eu le temps de savourer la vie.

O solitude! je te salue; peuplée de mes pensées d'amour, je te voudrais encore plus silencieuse et plus vaste. Tout ce qui n'est pas silence absolu est une profanation, et toute limite me gène : ah! pour mon amour peut-il y en avoir d'autres que l'incommensurable espace?... Mais elle n'est pas ici, elle n'y sera plus, elle n'y sera jamais. Cependant puis-je dire avec vérité qu'elle est absente? Ne circule-t-elle pas dans l'atmosphère qui m'environne? ne suis-je pas enveloppé de son souvenir? ne règne-t-elle pas sur toutes mes pensées? n'est-elle pas ma pensée même? Oh! l'amour passionné, l'amour à son apogée, l'amour enfin, n'est-il pas dans les âmes fortes une évocation permanente? Dieu est-il absent pour celui qui l'adore? Seigneur, mon âme immortelle, portion de ta divinité, s'élève sans crainte vers toi. Non, je n'ai point blasphémé... Mes forces sont épuisées, je cesse d'écrire.

LETTRE VI.

J'étais encore bien faible, à peine pouvais-je me soutenir; j'ai touché d'une main religieuse la branche sacrée, talisman d'amour, et mon sang a circulé avec moins de lenteur dans mes veines Hélas! ne pouvant me rendre au jardin pour visiter mon cher arbre, j'ai relu les lettres que je vous ai écrites.... Comme le langage des hommes est glacé! C'est celui des séraphins qui conviendrait à mon âme embrasée.... Ah! qu'on juge par un seul trait de la force de mon amour! Je suis sans espoir; des murs de bronze nous séparent, le ciel est entre vous et moi : eh

bien ! lorsque je croyais mourir, je regrettais
la vie, puisque ma vie, quoique dévouée
sans relâche à d'amères, à d'incessantes dou
leurs, est un moyen de conserver, de savou
rer mon amour.... Un nuage épais se répand
sur mes yeux ; je ne vois plus ce que j'écris.

LETTRE VII.

Ah! comme l'amour tamisé à travers les douleurs s'épure! comme il devient fort et solennel! De quels torrens de voluptés ineffables mon cœur vient d'être inondé! Un feu céleste a pénétré mes sens....

Ce matin, j'ai pu sortir de ma cellule, et, après tant de jours, tant de siècles d'un pénible exil, reprendre, non sans quelque effort, le chemin de l'allée où je vous vis pour la première fois.... oui, pour la première fois.

L'aurore brillait de tous ses feux ; des nuages de pourpre flottaient à l'horizon, et paraissaient assister avec respect à cette grande scène de la nature. Des fils d'or, tombant de la voûte céleste, vinrent se jouer sur mon front, et, se brisant ensuite sur les feuilles tremblantes et argentées du saule, former mille échos de lumière. On eût dit que le ciel voulait m'unir à l'arbre sacré par une chaîne divine.

De frais zéphirs soulevèrent une des branches imbibées de rosée; quelques gouttes jaillirent alors sur mon front.... baptême d'amour! Je m'inclinai enlacé par la branche. O volupté des anges!...

« Amans heureux, amans vulgaires, portez
« envie au pauvre chartreux Anatole. »

LETTRE VIII.

Mes yeux, desséchés par la pénitence et affaiblis par les douleurs, ont donc enfin retrouvé des larmes.... Qu'il est doux de pleurer ! Suave jouissance ! O ma bienfaitrice ! je vous dois ces ineffables douceurs. Depuis quelques instans mes angoisses sont moins cuisantes, moins amères ; ma poitrine se soulève avec moins d'effort.

Hier, comme je pensais à vous, je ne dirai pas plus passionnément qu'à l'ordinaire, ah ! cela est impossible, mais avec un recueillement plus absolu, une idée subite jaillit de mon cœur et me réveilla de mon extase ; je me levai, et, sortant à la hâte, je pris le chemin qui conduit au petit cloître. Ma démarche, ordinairement grave et languissante, était rapide et animée : tous nos religieux m'ont regardé avec surprise. Oh! me dis-je en moi-même, elle a vu récemment les chefs-d'œuvre de Le Sueur; je veux attacher mes regards sur les mêmes objets qui ont attiré les siens. Mon âme a passé alors toute entière dans mes yeux. Certain que les vôtres avaient considéré avec intérêt les sublimes beautés qui caractérisent l'œuvre de ce grand maître, je les savourai moi-même avec enthousiasme.

La nature sensible est si opulente, si animée! Que de trésors et de vie dans un jour, une heure, un instant! Pour elle, froideur est misère, et l'être indifférent ou léger qui, transfuge de son propre cœur, cherche le plaisir hors de lui même, n'est qu'un indigent qui mendie.

J'essayais de reconnaître, de deviner la trace de vos pas.... et dans mon ivresse, je la retrouvais : alors tous mes sens s'imprégnaient d'amour.... Heureusement, j'étais seul ; nul profane ne s'interposait entre moi et mon délire.... Ah! dans ce moment-là, toute autre femme aurait souillé de sa présence ces lieux sacrés que j'avais remplis, investis de la vôtre ; je n'aurais vu en elle qu'un être sacrilége ; que dis-je? elle m'eût déchiré le cœur, elle m'eût dérobé mon amante.

La nuit m'a surpris dans cette suave réunion, ces approches divines ; il a fallu me séparer de vous. Alors je me suis acheminé avec lenteur vers le cimetière. Depuis votre céleste apparition, j'avais négligé de visiter la tombe du vertueux père Anthelme. Tous deux nobles Bretons, et unis par les liens du sang, compagnons d'études, compagnons d'armes, je fus le confident secret de ses douleurs : ma main, mon cœur ont écrit son histoire, solennel monument de vertu et d'amour.

O mon ami ! m'écriai-je, pardonne à l'impie Anatole.... En achevant ces mots, je me prosternai sur la pierre froide, et j'étendis mes bras en croix.... J'aspirai avec mon âme toute entière les mânes de l'infortuné père Anthelme : l'amour imprégna l'amitié de ses vivifiantes couleurs. Ah ! s'il n'eût pas été un autre moi-même, s'il n'eût pas été le meilleur, le plus sensible des hommes, aurais-je voulu approcher son souvenir de votre image sacrée. Moi, profaner l'objet de mon culte !... L'ombre de l'irréligion pouvait-elle se glisser dans une âme qui a reçu les empreintes de la vôtre ? Il me semblait que mon ami sanctifiait du fond de sa tombe ma dévorante passion, et qu'en l'évoquant, j'acquérais de nouvelles forces pour vous aimer. Fille du ciel !

source intarissable de jouissances et de voluptés divines ! vous-même vous me rendiez alors mon Anthelme.

L'excès du sentiment faillit à me priver de la faculté de sentir ; la fraîcheur de la terre, les incommodes piqûres de mon cilice comprimé par le poids de mon corps, m'empêchèrent de m'évanouir. Enfin la cloche de minuit interrompit mon extase, et m'avertit qu'il était temps de quitter le cimetière. Je m'arrachai avec effort de ce lieu de délices.

« Amans heureux, amans vulgaires, por-
« tez envie au pauvre chartreux Anatole. »

LETTRE IX.

Je viens d'éprouver un mouvement de terreur ; mais cette sensation fugitive n'a fait qu'effleurer les dehors de mon âme. N'habitez-vous pas au centre ? ne régnez-vous pas sur ses moindres facultés ? Vous avez tout envahi.

Honteux de ma coupable négligence, j'étais retourné ce soir, à l'heure accoutumée, faire ma prière quotidienne sur le tombeau du père Anthelme, hélas ! et lui parler de vous. Immobile, les mains jointes, à demi prosterné, mes regards fixés vers la terre, je repassais dans ma mémoire les principaux traits de sa vie infortunée ; je l'appelais avec des cris étouffés ; je doublais, j'imprégnais mon âme de son âme aimante, afin de vous aimer encore davantage.

L'invocation des amis morts offre au malheur et à la faiblesse, disons mieux, aux cœurs sensibles, des espérances moins vagues et plus rapprochées que des vœux adressés à des essences inconnues, auxquelles on n'appartient que par une foi souvent inquiète, incertaine. Il est si doux de vouer sa destinée à un ami dont la mort a expié la vie charnelle : c'est le beau idéal de l'espérance.

La lune était à son apogée ; elle m'inondait de sa douce lumière ; les mobiles reflets de ses rayons argentés glissaient sur ma robe blanche : de grandes masses d'ombres épaisses et vacillantes fuyaient majestueusement vers l'extrémité de l'enceinte funèbre ; l'auguste silence de la nuit, joint au calme sacré des tombeaux, imprimaient à cette scène un caractère solennel. Tout-à-coup le ciel s'obscurcit, un éclair sillonne la nue, le tonnerre gronde et tombe en éclats. Mes yeux se ferment un instant, je les rouvre ; une foule vague et confuse de fantômes d'une taille gigantesque m'environne : au milieu d'eux je crois reconnaître mon ami ; ses traits brillaient d'un feu divin : je m'écrie, je m'élance, j'écarte le pâle linceul, et je n'aperçois qu'un affreux squelette. D'horribles sifflemens frappent mon oreille. Bientôt succède un morne silence, et l'épouvantable spectre proféra d'une voix lugubre ces deux mots qu'une fois j'entendis de votre bouche, et dont la céleste mélodie enivra tous mes sens : « PAUVRE IN-« FORTUNÉ!.... » Le chœur des spectres répéta à voix basse : « PAUVRE INFORTUNÉ! » Puis tous jetèrent à mes pieds leurs blancs linceuls, et la sombre harmonie se perdit dans l'abîme.

J'étais debout, et je considérais d'un œil ferme cette scène de terreur : cependant une sueur froide coulait sur mon front et sur tous mes membres ; l'émotion pénétrait jusqu'à mon cœur. Alors j'ai eu recours à mon talisman ordinaire, j'ai invoqué votre souvenir, et l'affreuse vision a disparu.

Je viens de regagner à pas lents ma cellule ; je vous écris, et bientôt je vais chercher sur la cendre et sur ma haire, non le repos dans le sommeil, mais une nouvelle vie, en me réfugiant près de vous.

« Amans heureux, amans vulgaires, portez « envie au pauvre chartreux Anatole. »

LETTRE X.

Si, comme je le présume, vous êtes attachée à la reine, je calcule, d'après le peu de temps qui s'est écoulé depuis qu'elle a visité cette maison, que vous devez être encore de service. Ce vent léger qui, pénétrant à travers mes barreaux, rafraîchit mon front brûlant, vient de l'ouest ; et la partie du bâtiment où se trouve située ma cellule est précisément à l'est de Versailles. Ah ! si ce souffle caressant avait, en s'agitant autour de vous, circulé à travers vos cheveux, effleuré votre charmant visage !... Rêves enivrans de mon imagination embrasée, ne fuyez pas encore loin de moi.

3

Hélas! au déchirement que j'éprouve, je pres
sens que vous allez m'échapper. Décevantes
illusions du cœur qu'une vaine philosophie,
cent fois plus mensongère que vous, n'a que
trop souvent calomniées ! c'est le réveil qui
vous suit de si près que je redoute, et non
l'ivresse que produit votre magique présence.

Les émotions du sentiment, ses erreurs
mêmes, sont-elles donc des chimères? L'homme sensible n'anime-t-il pas tout ce qui l'environne? Nouveau Créateur, il communique
la vie aux objets qui paraissent le moins susceptibles de mouvement et d'action, parce
que tout réfléchit l'image de l'objet qu'il aime.
Les arbres, les fleurs, le marbre même, s'as-
socient à son magnétique délire; rien ne ré-
siste à sa magic : il n'y a que les cœurs froids
sur lesquels il dédaigne lui-même d'exercer
son charme et son entraînante influence; il

s'indigne, détourne la tête, et gémit… Gens du monde, dont la sensibilité est semblable à ces frissons légers qui effleurent à peine l'épiderme et qui glissent sans laisser la moindre trace, que je vous plains! Ah! vos fragiles, vos mensongers plaisirs, valent-ils les larmes que je verse en pensant à celle que j'adore?

« Amans heureux, amans vulgaires, portez
« envie au pauvre chartreux Anatole. »

LETTRE XI.

J'ai lu dans un vieux pourana[1], dont un savant missionnaire m'avait fait présent à son retour des Indes, le charmant apologue que voici :

« Tous les mois, à la fin du mina masam, mois des poissons, le dernier de chaque révolution du soleil, les Génies chargés de l'administration de notre globe se réunissent dans une

---

[1] *Pourana*, mot samscretau, signifie, à la lettre, vieille histoire, antiquités : ainsi, le chartreux Anatole a tort de dire *vieux pourana ;* il fallait dire seulement *pourana.*   (Note de l'éditeur, C. P.)

salle immense, et faite d'un seul rubis. Là sont rassemblées plusieurs millions d'âmes de diverses espèces, que la nature, dans le cours de l'année, a débarrassées de leur enveloppe mortelle, mais qui néanmoins en ont conservé les apparences ; et ces âmes sont destinées à vivifier de nouveaux corps durant l'année qui va suivre.

Quelques-unes sont si petites que l'œil les distingue à peine ; et souvent ces âmes-là sont celles d'un roi, même celles d'un héros ou d'un conquérant : d'autres sont d'une dimension gigantesque ; et ce sont presque toujours celles de quelques infortunés, méconnus de leur siècle ou persécutés par leurs contemporains.

Nulle différence sexuelle ne les caractérise : les âmes, dit-on, n'ont pas de sexe. Ce qu'il y a de fâcheux, c'est que la plupart du temps, lorsqu'on les rejette au hasard sur la terre,

celles qui avaient habité le corps d'un monar-
que, d'un grand, d'un ministre, d'une favo-
rite, ou d'une coquette, se trouvent empri-
sonnées dans celui de quelque pauvre citoyen
obscur, d'une vénérable matrone, ou d'une
jeune fille destinée à devenir un jour prêtresse
de Budda. De même celles qui naguère ha-
bitaient le corps de certains personnages igno-
rés ou d'une profession vile, passent fortuite-
ment dans le corps d'un sultan, du chef d'un
kioum, d'une reine, d'une odalisque en fa-
veur; et c'est pourquoi il est si rare sur la
terre que chacun soit à sa place. Mais les Génies ne font nulle attention à ces puérilités ;
leur grande affaire, c'est la promotion des
anges destinés à environner le trône de l'Éternel, et à remplacer ceux qui, après une longue suite de siècles, étant suffisamment puri-
fiés par l'amour divin, ont paru dignes d'être
infus dans l'espace, et incorporés à l'Être su-

prême, de faire enfin partie du grand tout.

A un signal donné, les âmes s'approchent et se mêlent. Les unes ne se touchent que de l'extrémité du petit doigt ; on dirait qu'un souffle va les désunir. D'autres, en avançant la tête par un mouvement de curiosité, rencontrent subitement le front d'une curieuse de leur espèce : surprises d'être ainsi unies sans se connaître, elles s'examinent, s'étudient, voudraient se désunir, précisément parce que s'étant vues de trop près, elles se sont mieux connues : enfin, si elles ne peuvent se séparer, les deux têtes, embrasées à raison du choc, brûlent sans se consumer ; le cœur seul reste froid ; il n'est qu'agité, et point ému.

D'autres adhèrent vers la région du cœur ; et ce ne seraient pas les plus malheureuses, si elles pouvaient marcher toujours d'un pas égal ; mais il est rare qu'elles soient long-temps

d'accord ; et il en résulte d'affreux déchire-
mens.

Des milliers, en s'entrechoquant, tombent
en foule les unes sur les autres, moins pour s'u-
nir que pour se reposer de n'avoir point aimé.

Mais, voluptés ineffables ! inconnues aux
enfans des hommes, et qui sont réservées aux
seuls élus de Brahma, de Vichnou, et de
Shiva ! lorsqu'une âme épurée par les feux de
l'amour se trouve en présence d'une âme de
nature entièrement homogène, à quelque
distance qu'elles soient l'une de l'autre, elles
se pressentent, se devinent, s'attirent, s'approchent, se touchent, s'absorbent ; l'éclair
est moins rapide. Bientôt les deux âmes ainsi
réunies n'en forment qu'une seule : c'est le
dernier degré de la perfection, l'apogée de
l'amour. Confondues, divinisées, rayonnan-
tes, n'offrant plus qu'un seul et même tout,
on voit le ciel s'ouvrir, et le chœur sacré des

anges s'avancer au-devant de l'essence céleste que l'amour a entièrement détachée de
la terre.

Hélas! le dirai-je? parmi la foule innom-
brable des âmes rassemblées dans ce brillant
séjour, à peine chaque année s'en trouve-t-il
deux susceptibles d'être transformées en cette
unité abstraite qui les associe à la nature des
anges : souvent même l'assemblée des Génies
a été obligée de se séparer sans être témoin
de la divine apothéose; et si, dans une de ces
séances annuelles on en peut compter trois,
les esprits célestes s'empressent de graver en
traits de lumière ce phénomène dans le grand
livre des destinées.

Le reste des âmes qui forment l'aérien con-
cile est versé ensuite par milliers sur la terre;
et c'est ce qui compose ces liaisons mons-
trueuses et bizarres qu'on rencontre parmi
les hommes. »

Ainsi finit le poète indien. Mais, grand Dieu! est-il besoin d'être admis au séjour de l'éternelle gloire, lorsque, même sur la terre, on est absorbé par l'objet qu'on aime? Sitôt que deux âmes sont mêlées, confondues, sitôt qu'on les a, je ne dirai point échangées l'une avec l'autre, mais doublées l'une par l'autre, ne porte-t-on pas déjà le ciel en soi-même?

LETTRE XII.

Le premier des biens, c'est d'aimer : rien dans la nature n'est aussi excellent que l'amour ; c'est la conscience de la vie, c'est la vie elle-même : l'amour est l'ensemble, le dernier terme de nos passions ; il les comprend toutes, et en cumule sur un seul point toutes les jouissances. Ces fleurs, que dans mon délire je cultive pour vous, hélas ! pour vous que je ne verrai jamais, je les ai environnées de cette même terre sur laquelle mes yeux avides ont retrouvé, près du vieux saule, l'empreinte de vos pas. J'ai suivi d'un œil inquisiteur ces traces fugiti-

ves et légères; à des signes sûrs, j'ai re-
connu la place où, immobile et tournant
vers moi vos célestes regards, votre voix
d'ange a proféré ces paroles si chères à mes
souvenirs, et que j'ai tant répétées depuis,
« Pauvre infortuné! » Mes mains tremblantes
d'amour ont recueilli cette terre sacrée; j'ai
osé, dans l'ombre et rougissant de moi-même,
y porter mes lèvres insensées... Et la branche
de saule sur laquelle j'attache en cet instant
mes caressans regards!.... Donnerais-je ces
biens, ces trésors de vie et d'amour, pour
toutes les richesses du Potose et des Indes,
pour l'empire du monde?

Un nuage sombre et froid pèse-t-il sur ma
raison fatiguée, mon âme retombe-t-elle avec
trop d'amertume sur elle-même; par la seule
force de ma pensée, j'arrache à l'absence
l'image de celle que j'adore, je l'invoque,
et un rayon d'amour dissipe mes douleurs.

Monarques de la terre, le pauvre religieux Anatole est plus riche et plus puissant que vous.

Jamais je n'ai connu les plaisirs charnels de l'amour ; cependant je ne suis point étranger aux jouissances du monde ni à celles du luxe. J'ai assisté à des fêtes brillantes ; mais quelles voluptés valent les pleurs que je verse en pensant à vous?... Et l'ambition, la gloire, me dira-t-on ; ah ! remplissent-elles l'âme? ferment-elles hermétiquement le cœur comme l'amour ? Non : elles dominent les autres passions, et ne les excluent pas ; souvent victorieuses, du moins il y a lutte et opposition : ici, nul adversaire ne s'est présenté, nulle résistance ; c'est une prise de possession, non une conquête.

Je reviens sur la gloire : elle aurait pu convenir à mon âme fière et superbe ; mais je vous aime; est-il une suprématie plus brillante? Oui, vous aimer, c'est une apothéose ; ma

tête et mon cœur sont dans le ciel. Hélas !
vous êtes absente ; je ne vous reverrai jamais,
« non jamais. » Que dis-je ? vous n'êtes absente
ni pour mon âme, ni pour ma pensée, ni pour
le vrai moi, le seul digne de votre essence.
Ah ! vous ne m'avez pas quitté encore une
seule seconde ; la preuve, la voici... J'existe...
Éloignée de moi un instant, l'espace d'un
éclair, mes chairs se seraient dissoutes.

O ma bienfaitrice ! si jamais j'étais assez fa-
vorisé du Très-Haut pour que vous connus-
siez mon amour, loin d'en gémir, applaudis-
sez-vous de me l'avoir inspiré, surtout de sa
force, de sa dévorante véhémence. Vous
alimentez, vous vivifiez mon cœur ; vous pré-
sidez à tous ses battemens. Moins passionné,
moins enivré d'amour, s'il restait enfin une
seule partie de mon existence sensible qui
cessât d'être absorbée par vous, je sens que
je ne pourrais vivre ni résister à l'impétuosité

de l'orage; le moi matériel, consumé par d'inextinguibles feux, s'évaporerait dans les airs; mais il y a possession absolue, je suis heureux. Être aimé n'est qu'un bonheur humain; le charme d'aimer est la volupté des anges.

« Amans heureux, amans vulgaires, portez « envie au pauvre chartreux Anatole. »

LETTRE XIII.

On m'a rapporté évanoui dans ma cellule. Nos pères inquiets, s'étant aperçus que, pour la première fois depuis que j'habite le cloître, je n'avais point assisté aux offices, se sont dispersés pour me chercher : ils m'ont trouvé étendu, privé de sentiment, au pied du vieux saule, et à demi recouvert par la neige. A force de soins on m'a rendu l'usage de mes sens : mais à cet état de torpeur a succédé un violent frisson ; ma tête est bien vague ; une toux convulsive déchire ma poitrine... d'horribles suffocations.... Cet anévrisme au cœur dont je suis menacé... Cependant la force de

ma constitution me rendra sûrement à la vie,
à cette vie qui m'est si chère, puisque je ne
respire que par vous et pour vous.

LETTRE XIV.

A neuf heures du matin.

C'en est donc fait, il faut rendre mon corps aux élémens, et quitter cette terre que vous habitez : la mort va faire ce qu'avait fait l'amour, elle va envahir ma vie..... Douleurs! illusions! plaisirs! dans peu d'heures, dans quelques instans, peut-être, tout va se dissiper comme un songe. Aux matérielles angoisses que j'éprouve, je sens déjà les approches du réveil; mais, sûr que mon âme est immortelle, je meurs heureux et consolé, puisque ainsi j'ai la certitude de conserver mon impérissable amour.

Mon esprit ferme et libre traverse avec calme le présent. Né dans la religion catholique, apostolique et romaine, je l'ai suivie, parce qu'elle était celle de mes pères. Toujours exact, durant ma vie, à remplir mes devoirs de religion, je viens de recevoir, des mains de notre vénérable prieur, le saint Viatique, signe visible de la communion des fidèles.

O vous, qui fûtes de mon vivant ma seconde conscience, souffrez qu'à ma dernière heure je dépose dans votre sein et ma profession de foi, et mes pensées les plus secrètes! En vous parlant, n'est-ce pas m'adresser au ciel?

Je crois en un seul Dieu, Créateur de toutes choses; il est dans le temps, hors du temps, fut avant le temps : infini, éternel, il remplit et déborde l'univers.

Ces mondes lumineux dont il a sablé l'espace, et qu'il créa par sa seule pensée ; cette hiérarchie des êtres animés dont il les a peuplés, et qu'il reproduit sans cesse ; la fleur, le minéral, qui, du moins au rapport de nos sens, sont privés de sentiment et de vie ; ces animaux variés de l'air, de la terre, et des eaux ; l'insecte imperceptible et l'ange resplendissant de lumière, proclament sa toute-puissance ; l'ordre immuable de la nature, son omniscience ; notre vie future, sa bonté infinie. S'il permet le mal sur la terre, c'est afin de donner à l'homme, qu'il a créé intelligent et mobile, des voies pour mériter. Aussi les châtimens qu'il inflige ne sont-ils que des épurations nécessairement proportionnées et toujours temporaires, parce que le mal étant une imperfection de la nature, passe et se modifie comme elle, tandis que le bien est inhérent et co-éternel à la divinité, source de bonheur et de vie. Le Dieu fort est le Dieu de justice, non le Dieu des vengeances.

O mon Créateur! ô mon Père! partout je sens, je reconnais ta présence ; tu circules dans l'étendue, seul temple digne de ton immensité, comme l'air qui pénètre à la fois la gaze et le plus dur diamant. Ah! lorsque en usant de ma raison, que je ne puis voiler sans crime, puisqu'elle est le premier de tes bienfaits, j'élève avec ma pensée mes regards vers la voûte céleste, et qu'après les avoir ramenés religieusement vers la terre, je considère au foyer d'une lentille la plus humble fleur ou une faible goutte d'eau, qu'ai-je besoin de mendier de vains miracles? Mon âme immortelle s'abîme dans la contemplation, et, s'imprégnant d'une étincelle de ta grâce, elle s'élance et t'adore. . . . .

. . . .

A deux heures.

J'existe encore ; mais affaibli par la quantité de sang que j'ai perdu, j'ai été obligé de suspendre cette lettre. Le nuage de la mort est déjà répandu sur ma vue, et j'aurais peine à relire ces lignes que je viens de tracer. Je ne suis plus à l'infirmerie : notre digne et sensible prieur a cédé à mes instances ; il m'a permis de venir exhaler ici mon dernier soupir. C'est de ma cellule que je vous écris : il me semble que ces lieux sont plus remplis, plus imprégnés de vous. Cette branche de saule.....

J'ai légué à ce digne ami mes fleurs, hélas ! seul patrimoine du pauvre chartreux.

Quatre de nos plus jeunes pères ont guidé mes pas chancelans, ou plutôt ils m'ont porté jusqu'ici. En traversant le cimetière ; j'ai voulu qu'on me posât quelques instans sur la tombe de mon ami : la pierre a vacillé sous nos pieds, et je me suis aperçu que la terreur se peignait sur les traits de mes jeunes compagnons.

J'avais demandé que l'on me conduisît vers le vieux saule : quelles délices si j'avais pu mourir sur cette terre consacrée! Mais on a résisté à ma prière, sous prétexte de l'extrême rigueur de la saison ; ce vœu de mon cœur a même paru l'effet d'un accès de délire : j'ai senti qu'il ne fallait pas insister. . . . .
. . . .
. . . .

Me voici étendu sur mon lit de mort, ma dernière station. Le père prieur m'a ordonné, en présence de la communauté, de quitter

mon cilice : j'ai obéi. Ensuite il m'a adminis-
tré l'Extrême-Onction. On eût dit à son religieux enthousiasme qu'il m'ouvrait les portes
du ciel.

Nos pères, les bras croisés sur la poitrine,
les regards saintement baissés vers la terre,
gardaient un morne silence ; les anciens en-
touraient ma couche, et des pleurs coulaient
sur leurs joues vénérables. Doucement ému
par ce témoignage de leur affection, un léger
sourire a sillonné mes lèvres pâles et dessé-
chées. Le souvenir de ces deux mots si chers
que proféra votre voix mélodieuse vint alors
se réfléchir sur mon cœur épuisé de sang et
de vie. Ah! vous étiez l'ange qui liait ma pensée à celle de mes dignes compagnons de solitude et d'austérités ; car n'êtes-vous pas mon
âme? n'est-ce pas et par vous, et pour vous
que je respire encore?

Un flambeau placé latéralement près de la

tête de mort, chrétien ornement de mon
humble demeure, illuminait ce solennel sym-
bole de notre fugitive existence. Les yeux de
cette tête, qui, dit-on, fut celle d'un de nos
plus vertueux cénobites, paraissaient flam-
boyans ; aussi les regards de plusieurs de nos
pères en ont-ils été frappés. On a entonné les
prières des agonisans, et j'ai joint ma voix
mourante à celle de nos saints solitaires. . .

. . . .

A cinq heures.

Notre indulgent et sensible prieur, s'aper-
cevant que je m'affaiblissais par degrés, vient
de congédier mes affligés et pénitens compagnons..... J'ai écarté le frère infirmier. Me
voici seul : les momens sont chers : le présent

fuit ; poursuivi par l'inexorable passé, il se
précipite dans l'avenir.... abîme incommensurable, incompréhensible!... Des étouffe-
mens douloureux..... Bientôt je ne pourrai
plus dire que je vous aime ; bientôt ma main
défaillante que j'élève pour vous bénir, n'of-
frira plus que d'affreux ossemens; bientôt
ce cœur, où vous régniez sans partage, et
dont chaque battement était un élan d'amour,
n'aura plus d'autre mouvement que celui des
vers auxquels il servira de pâture. . . . . . .

. . . .

A onze heures du soir.

Je me ranime.... pour un instant.... Enfin,
non, sans effort, je viens de réunir ces feuilles dépositaires de mon amour, de ma seconde

vie, que dis-je? de ma véritable vie : je vais
essayer d'y ajouter encore quelques lignes ;
ensuite un ami sûr, et dont il ne m'est pas permis de révéler le nom, dans la crainte de
compromettre sa personne sacrée, les re-
cueillera. Ce paquet portera cette seule sus-
cription : *A la reine;* puis, dès que je ne serai
plus, mon ami ira le déposer sur le maître-
autel de la paroisse de Saint-Louis à Versailles. Oh! que ne m'est-il permis d'espérer!...
Pardonne si, à ma dernière heure, je paie à
l'humanité cette dette involontaire : n'éloigne
point ta pensée du chartreux Anatole, puisque ma mémoire ne doit t'offrir que des images douces et sensibles. Ma mort n'est qu'une
promotion, une délivrance. Oui, mon corps
gênait mon âme ; maintenant elle va s'attacher
à tes pas, se mêler dans l'air que tu respires,
créer autour de toi une atmosphère de bonheur et d'amour, t'envelopper de son essence

divine, te rendre enfin tous les biens dont tu l'as comblée durant sa prison corporelle, en l'épurant, en l'imprégnant de toi..... Je me sens mourir; mais je meurs en t'adorant.....

« Amans heureux, amans vulgaires, portez « envie au pauvre chartreux ANAT.... »

FIN.